AF461177

4 juin 1889

CATALOGUE

des

TABLEAUX

Dessins, Aquarelles, Gravures au burin

OBJETS D'ART

MARBRES, BRONZES, ÉMAIL

Porcelaines de Chine et du Japon

MEUBLES anciens et modernes

COMPOSANT

L'IMPORTANT MOBILIER ARTISTIQUE

De feu M. Adolphe DUCOIN, de Grenoble

Et dont la vente aux enchères publiques
aura lieu à Grenoble
au domicile du défunt, place Grenette, 24, au 2me étage

Le mardi 4 juin et jours suivants

à 2 heures précises.

Par le ministère de Me A. ROUDET, commissaire-priseur, Grand'Rue, 3, à Grenoble, assisté de M. Georges PINGEON, expert à Lyon, avenue de Saxe, 77.

EXPOSITIONS

PARTICULIÈRE	PUBLIQUE
le samedi 1er juin	le dimanche 2 juin

De une heure à cinq heures

CONDITIONS DE LA VENTE

Elle sera faite au comptant.

Les adjudicataires payeront cinq pour cent en sus des enchères.

Les expositions mettant le public à même de se rendre compte de l'état des objets, aucune réclamation ne sera admise une fois l'adjudication prononcée.

L'expert se réserve la faculté de réunir ou de diviser les lots.

L'ordre numérique ne sera pas suivi.

ORDRE DES VACATIONS

Première vacation

LE MARDI 4 JUIN

Tableaux, dessins, aquarelles, miniatures ....N°s	1	à	7
Gravures	32	à	43
Objets d'art	82	à	90
Meubles et objets mobiliers	117	à	138

Deuxième vacation

LE MERCREDI 5 JUIN

Tableaux, dessins, aquarelles, miniatures	8	à	15
Gravures	44	à	55
Objets d'art	91	à	98
Meubles et objets mobiliers	139	à	162

Troisième vacation

LE JEUDI 6 JUIN

Tableaux, dessins, aquarelles, miniatures	16	à	23
Gravures	56	à	68
Objets d'art	99	à	107
Meubles et objets mobiliers	163	à	186

Quatrième vacation

LE VENDREDI 7 JUIN

Tableaux, dessins, aquarelles, miniatures	24	à	31
Gravures	69	à	81
Objets d'art	108	à	116
Meubles et objets mobiliers	187	à	210

M. Adolphe DUCOIN

Le journal *le Grenoblois*, dans son numéro du 17 avril dernier, annonçait en ces termes la mort de M. Adolphe Ducoin :

Les survivants de la génération dont la fin du premier Empire fut le berceau se font de plus en plus rares. M. Adolphe Ducoin, dont nous apprenons avec regret la mort, appartenait à cette génération qui a vu tant de choses !

Fils de l'ancien conservateur de la Bibliothèque de Grenoble, dont les hommes d'un certain âge n'ont pas perdu le souvenir ; cousin du remarquable auteur de la *Conspiration de Didier* et d'autres ouvrages de mérite, M. Adolphe Ducoin, ami intime d'Hébert, était tout à la fois un lettré et un appréciateur autorisé des œuvres d'art. Il laisse des tableaux estimés et des livres de valeur.

M. Ducoin prit une part active à la *Société de l'Extinction de la Mendicité* et à plusieurs œuvres charitables de notre ville.

Esprit caustique, il savait — recueil vivant du passé de Grenoble depuis soixante-dix ans — retracer en des récits pleins de traits et de piquant humour, les moindres épisodes de notre histoire locale, les moindres anecdotes de notre société grenobloise, et, s'il avait eu l'heureuse idée d'écrire des *Mémoires*, il nous eût certainement laissé un monument curieux de nos annales dauphinoises.

Le *Nouvelliste* de Lyon, du 18 avril, consacrait aussi ces lignes à la mémoire du défunt :

Le plus ancien ami de notre grand peintre Hébert, dont il fut le fervent admirateur, M. Adolphe Ducoin, s'est éteint hier dans un âge avancé.

Très instruit, très spirituel, très connaisseur en œuvres d'art, M. Ducoin était également un zélé philanthrope. Il aimait les pauvres et les artistes. Sa générosité était grande et sa bourse toujours ouverte aux bonnes œuvres.

Il laisse une collection de tableaux et de livres qu'on dit fort remarquable et qu'il s'appliquait chaque jour à augmenter.

M. Ducoin était un royaliste de vieille roche, dont les convictions étaient inébranlables.

Adolphe Ducoin est né à Grenoble, le 25 mai 1811.

Il était fils d'Amédée Ducoin, qui fut conservateur de la Bibliothèque de Grenoble, de 1816 à 1852, et neveu d'Auguste Ducoin, dont le nom est inscrit parmi les fondateurs du Musée de Grenoble, en 1798.

La Bibliothèque et le Musée étaient alors réunis dans les bâtiments de l'ancien Collège, et le bibliothécaire avait son logement dans les dépendances de la Bibliothèque. Adolphe Ducoin a donc passé son enfance et sa jeunesse au milieu des livres, et dans la contemplation journalière des chefs-d'œuvre de peinture qui enrichissent le Musée de Grenoble.

Il fut initié aux études littéraires et artistiques par son père, l'un des hommes les plus érudits de son temps. Amédée Ducoin, le bibliothécaire, traduisait les classiques latins sans le secours du dictionnaire; dissertait agréablement et sans pédanterie sur les sujets les plus divers de l'histoire, de la littérature ou des Beaux-Arts; récitait de mémoire, et sans hésiter, des scènes entières du Misanthrope, du Cid, d'Athalie, ou de Tartuffe, et déchiffrait une partition de musique à livre ouvert. A l'âge de soixante-dix ans il la chantait encore avec une remarquable justesse d'intonation et de vocalises. Son langage était toujours d'une correction et d'une pureté parfaites, et charmante était aussi sa conversation, semée de traits, d'aperçus ingénieux, d'entrain et de brio.— M. H. Gariel, notre savant bibliophile, qui l'a connu et qui lui a succédé comme bibliothécaire, pourrait dire si j'exagère, ou si je me trompe.

Amédée Ducoin avait l'habitude, qu'il a conservée toute sa vie, de faire une analyse ou un résumé de ses études et de ses lectures de chaque jour; il a composé ainsi, avec ces résumés, cent volumes, d'une écriture fine, serrée, moulée ou ronde, un véritable monument de calligraphie. Ce travail était comme un accessoire obligé de ses fonctions de bibliothécaire, qu'il a toujours remplies avec beaucoup de zèle et d'assiduité; accueillant, avec une extrême courtoisie, les visiteurs de la Bibliothèque, qui voulaient bien s'adresser à lui, et mettant même une certaine coquetterie à donner les renseignements et les explications qu'il paraissait toujours heureux de se voir demander.

Vers 1840, Adolphe Ducoin fit un premier voyage en Italie et en Hollande, où il passa près de deux années à visiter les églises, les musées, les monuments et les collections particulières. Il en revint enthousiasmé, et c'est de ce moment que date son amour pour les ouvrages sur l'Italie, dont il forma une collection spéciale, et dont on trouvera la riche nomenclature dans le catalogue de sa Bibliothèque.

Ces voyages en Italie furent renouvelés plusieurs fois, surtout aux époques où M. E. Hébert était directeur, comme il l'est encore aujourd'hui, de l'Académie de France à Rome. Adolphe Ducoin trouvait alors à la Villa Médicis une affectueuse hospitalité dont il sut profiter pour se lier d'amitié avec les élèves de l'école, peintres, statuaires, architectes et graveurs, qui, presque tous, sont parvenus à la célébrité dans cette longue période de 1840 à nos jours.

En dehors de ses voyages en Italie, en Hollande ou à Paris, Adolphe Ducoin n'a jamais quitté Grenoble, où il vivait heureux, dans une modeste situation de fortune, sans ambition de places, d'emplois, de distinctions ou d'honneurs, et sans autre désir que celui d'obliger, de venir en aide et de faire le bien ; entouré d'amis qu'il enchantait par son savoir, et qu'il égayait par ses reparties, toujours vives, pleines d'humour et d'inoffensive malice. On parle des *mémoires* qu'il aurait pu écrire, mais les lettres qu'il a écrites, peut-être seront-elles publiées un jour, et l'on pourra bien juger alors des infinies ressources de son esprit.

Né dans une famille royaliste dont le chef avait été ruiné par la Révolution (1), Adolphe Ducoin est resté, jusqu'au dernier jour, fidèle aux principes qui furent la règle de sa vie, et qu'il savait, en toute circonstance, si heureusement affirmer par de spirituelles boutades contre les intrigants, les hypocrites et les ambitieux de son temps (2).

A. D.

---

(1) Antoine-Henry Ducoin, aïeul et bisaïeul de la famille actuelle, mort en 1802, avait créé, à Sassenage, une manufacture de blondes, ou dentelles de soie, devenue manufacture royale, que la Reine Marie-Antoinette avait prise sous sa protection et qui disparut aux premières années de la Révolution.

Antoine-Henry Ducoin, emprisonné à cette époque, avec une partie de la noblesse du Dauphiné, ne fut sauvé de l'échafaud que par la chute de Robespierre.

Le bâtiment, avec deux avant-corps, et deux pavillons sur les côtés, où la manufacture a existé, a conservé le nom de *Château des Blondes*. Ce château appartenait, il y a quelques années, à la famille Soffrey de Callignon ; il est aujourd'hui la propriété de M. Nicolet.

(2) Particularité à noter. L'appartement qu'occupait Adolphe Ducoin, depuis 1854, était au second étage de la maison, place Grenette, 24, qui avait appartenu à l'auteur de *Rouge et Noir* et de la *Chartreuse de Parme*, Henri Beyle (de Stendhal), né à Grenoble en 1783.

DÉSIGNATION DES OBJETS

TABLEAUX
DESSINS, AQUARELLES
MINIATURES

HÉBERT (Ernest),
né à Grenoble,
Membre de l'Institut, directeur de l'Académie de France, à Rome.

1 — **Sous bois.** Paysage signé H., probablement le seul que M. Hébert ait jamais fait. Peint sur bois, cadre doré; hauteur, 29 cent.; largeur, 23 cent. 100

BALLUE (E.),
membre de l'Institut; mort en 1885.

2 — **Vue prise à Séchilienne.** Dessin au crayon; avec ces mots : *A mon cher Ducoin.* E. Ballue. Sous verre, cadre doré. 50

HÉBERT (E.).

3 — **La jeune fille au puits.** Photographie d'après

le tableau du maître, entièrement retouchée au crayon par lui-même. Sous verre, cadre doré. 40-50

PAPETY (Dominique).

4 — **Sainte-Famille** : Avec fond de paysage, aquarelle. Sous verre, cadre doré. -50

HÉBERT (E.).

5 — **Son portrait,** dessiné aux trois crayons par lui-même. Ovale, sous verre, cadre doré. 120

HÉBERT (E.).

6 — **La Lavandera**. Photographie d'un tableau du maître, entièrement retouchée aux deux crayons, par lui-même, avec ces mots au bas : *Au vieux bon ami Ducoin*. E. H. 60

ANONYME.

7 — **Femme vue à mi-corps.** Miniature sur ivoire. Cadre ~~noir~~ carré. 15

HÉBERT (E.).

8 — **La Rêveuse au bois.** Sujet charmant, dans une gamme de tons très harmonieuse. Signé H. Sur bois, cadre doré ; hauteur, 35 cent. ; largeur, 24 cent. 2500

DUBUISSON.

9 — **Vaches aux champs, bergère assise**. Sur bois, cadre doré ; hauteur, 14 cent. ; largeur, 23 cent. 50-60

~~HÉBERT (E.).~~

10 — **Portrait de femme**. Sur toile, cadre ovale doré ; hauteur, 37 cent. ; largeur, 30 cent. 350-

HÉBERT (E.).

11 — **Le Baiser de Judas.** Photographie d'un tableau du maître, entièrement retouchée aux deux crayons par lui-même ; avec ces mots au bas : *à Ad. Ducoin.* E. H. Sous verre, cadre doré.

HÉBERT (E.).

12 — **La Vierge et l'Enfant Jésus,** dans un encadrement du style de la Renaissance italienne au XVe siècle. Signé E. H. Aquarelle très fine, sous verre, cadre noir à fleurs d'or.

GENDRON (A.).

13 — **La Barque.** Très beau dessin, rehaussé d'aquarelle et de blanc ; avec ces mots : *A son ami Ducoin, A. Gendron.* Sous verre, cadre doré.

ANONYME.

14-15 — **Femme, à mi-corps.** Miniature sur ivoire, sous verre, cadre rond.

HÉBERT (E.).

16 — **Pasqua Maria.** Ravissante création du maître. Ce tableau était la répétition du même sujet peint par Hébert, pour Mme la baronne de Rothschild, mais le tableau de Mme de Rothschild ayant été détruit dans un incendie, la répétition que nous mettons en vente est devenue aujourd'hui le tableau original. Signé E. H. Peint sur bois, cadre doré ; hauteur, 33 cent. ; largeur, 24 cent.

HÉBERT (E.).

17 — **Jeune fille assise et méditant devant la**

fenêtre grillée d'une prison. Composition aussi heureusement traitée que celle du tableau précédent. Sur toile, cadre doré. Signé E. H. Hauteur, 33 c.; largeur, 26 c.

HÉBERT (E.).

18 — **Jeune femme, ou sainte,** assise et les mains croisées sur un livre fermé. Très beau dessin au bistre et rehaussé de blanc. Sous verre, cadre doré.

BLANC-FONTAINE.

19 — **Intérieur de chapelle, paysanne agenouillée**. Peint sur bois, cadre doré; hauteur, 25 cent.; largeur, 34 cent.

ANONYME.

Ecole moderne.

20 — **Intérieur de Posada** (Espagne). Peint sur cuivre, cadre doré ; hauteur, 18 cent.; largeur, 23 cent.

ANONYME.

Ecole française de la fin du XVIIIe *siècle.*

21 — **Un Galant** lutinant deux jeunes filles en train de s'habiller; l'une d'elles a son corset sur le bras. Au fond, dans l'ombre, à l'entrée de la chambre, un capucin semble surveiller ces jeunes gens. Peinture très fine, les carnations ont une grande fraîcheur de tons et l'expression des têtes est charmante. Sur bois, cadre doré ; hauteur, 34 cent.; largeur, 26 cent.

KLINGSTET.

Né à Riga en 1657. — Mort à Paris en 1754.

22 — **Baigneuse.** Miniature sur ivoire, forme ovale, cadre doré.

Les miniatures de cet artiste sont fort rares et très recherchées.

ANONYME.

23 — **Portrait de femme à mi-corps.** — Miniature sur ivoire, dans son étui en galuchat.

HÉBERT (E.).

24 — **Vierge** debout tenant l'enfant Jésus sur les bras ; elle est couverte d'une grande draperie qui descend jusqu'à ses pieds. Signé E. H. Peint sur bois, dans un cadre, cintré style gothique, en bois sculpté et doré ; hauteur, 21 cent. ; largeur, 13 c.

HÉBERT (E.).

25 — **La Vierge et l'Enfant,** sous un arbre. Aquarelle, sous verre, cadre doré.

HÉBERT (E.).

26 — **La Vierge de la délivrance.** Dessin aux deux crayons, d'après le tableau exposé dans l'église de la Tronche; Sous verre, cadre doré.

L'ABBÉ GUÉTAT.

27 — **Paysage.** Sur toile, cadre doré ; hauteur, 37 c.; largeur, 52 c.

MURZONNE (Jules).

28 — **Combat de deux Chevaliers.** Peint sur bois, cadre doré ; hauteur, 22 c. ; largeur, 16 c.

Jules Murzonne, né à Grenoble, était un peintre de talent, élève du baron Gros, et qui mourut, à Montpellier, en 1843, à l'âge de 28 ans. On n'a de lui, outre quelques portraits, qu'une *Tentation de Saint-Antoine* et une *Annonciation*, qui décore l'autel de la Vierge dans l'église Saint-Louis à Grenoble. Ce tableau de l'Annonciation offre cette particularité que la figure de la Vierge reproduit les traits d'une jeune fille de Grenoble d'une angélique beauté, Mlle Victorine C**, et que celle de l'ange est aussi le portrait d'une autre jeune fille de Grenoble de la même époque, 1840.

RAHOULT (D.).

29 — **Motif d'architecture** du château de Chambord. Dessin au crayon, dans un passe-partout velours grenat.

Au verso est encadrée cette lettre de l'artiste : « Du haut de cette splendide fantaisie de pierre, j'ai presque désiré le retour de son propriétaire ; je m'empresse de vous en faire part, vous son ami, et peut-être un peu le mien. Ruines de pierres, ruines de dynasties. J'ai essayé d'arracher quelques paroles bien senties de ma pauvre tête et je ne puis qu'arracher une feuille de mon album et vous l'envoyer ; j'aurais voulu vous envoyer, avec mon souvenir, une mèche de mes cheveux, mais ça paraîtrait ; j'ai préféré vous adresser une pauvre petite marguerite, qui croissait solitaire sur la corniche de la tour de François Ier, peut-être l'âme de sa sœur, la Marguerite des Marguerites. D. Rahoult à son ami Ducoin. Chambord, 10 juin 1864. »

ANONYME.

30 — **Vénus et l'Amour.** Miniature sur ivoire ; cadre en cuivre doré.

ANONYME.

31 — **Femme à mi-corps.** Miniature sur ivoire ; cadre en cuivre doré.

GRAVURES

Au burin et à l'eau-forte, sous verre et dans des cadres dorés.

32 — **Le Mariage de la Vierge.** Gravé à Rome en 1831, par Pietro Folo, d'après Raphaël. Belle épreuve avec la dédicace et les armoiries.

33 — **La Vierge dite la belle Jardinière.** Gravée par Boucher Desnoyers, d'après Raphaël.

34 — **La Vierge au Linge.** Gravée par B. Desnoyers, d'après Raphaël.

35 — **La mort de Jane Gray.** Gravée par Mercuri, d'après Paul Delaroche.

36 — **Le vœu de Louis XIII.** Estampe gravée par Calamata, d'après Ingres.

37 — **Les trois Vertus théologales,** la Foi, l'Espérance et la Charité. Trois estampes, gravées par B. Desnoyers, d'après Raphaël. Epreuves avec les médaillons dans la marge du bas. Ces gravures sont dans des cadres séparés.

38 — **La Vierge au Silence.** Gravée par Richomme, d'après L. Carrache.

39 — **La Vierge au Donataire.** Gravée par B. Desnoyers, d'après Raphaël. Epreuve avec le médaillon dans la marge du bas.

40 — **La Vierge au Poisson.** Gravée par E.

Muller, d'après Raphaël. Epreuve avant toute lettre, les noms des artistes à la pointe.

41 — **La Vierge de la maison d'Albe.** Gravée par B. Desnoyers, d'après Raphaël. Epreuve avec les initiales du graveur dans la marge du bas.

42 — **Le Spasimo di Sicilia.** Estampe gravée par Tocchi, d'après Raphaël. Epreuve avec la dédicace à Louis de Bavière et les armoiries.

43 — **La Vierge à la Chaise.** Gravée par Raphaël Morghen, d'après Raphaël. Epreuve avec les armoiries et la dédicace.

44 — **Le Mariage mystique de sainte Catherine.** Gravé par Henriquel Dupont, d'après le Corrège. Belle épreuve avant la lettre.

45 — **L'Hémicycle du palais des Beaux-Arts.** Gravé par Henriquel Dupont, d'après Paul Delaroche. Grande et belle estampe en trois planches.

46 — **La Cène.** Gravée par Raphaël Morghen, d'après Léonard de Vinci. Epreuve avec les armoiries et la dédicace.

47 — **Gustave Wasa.** Estampe gravée par Henriquel Dupont, d'après Hersent.

48 — **Charles Ier**, roi d'Angleterre. Gravé par B. Strange, d'après Van Dick.

49 — **La Communion de saint Jérôme.** Gravée par A. Tardieu, d'après le Dominiquin. Au bas, de la main de l'auteur : Hommage à M. Darodea de Lilebonne, par son très humble serviteur A. Tardieu.

50 — **La Transfiguration**. Gravée par B. Desnoyers, d'après Raphaël.

51 — **Saint-Grégoire,** Pape. Lithographie par Pirodon, d'après le tableau de Rubens, au Musée de Grenoble.

52 — **La Reddition de Bréda** ou **les Lances**. Gravée à l'eau-forte par Laguillermie, d'après Vélasquez. Epreuve avec ces mots dans la marge du bas: *A l'ami Ducoin*, souvenir de Rome, décembre 1871. Laguillermie.

53 — **La Ronde de nuit**. Lithographie par Mouilleron, d'après Rembrandt.

54 — **Le Joueur de violon**. Estampe gravée par Pollet, d'après Raphaël. Epreuve d'artiste avant la lettre.

55 — **Sainte Famille**. Estampe gravée par Bartolozzi et terminée par Muller, d'après le Corrège. Epreuve avant la lettre.

56 — **Françoise de Rimini**. Gravée par Calamata, d'après Ary Scheffer.

57 — **L'Enlèvement de Zéphir.** Gravée par Muller, d'après Prudon. Epreuve avant la lettre.

58 — **Le Triomphe de Galathée**. Estampe gravée par Richomme, d'après Raphaël. Epreuve avec le cachet et les initiales de l'auteur.

59 — **Adam et Eve**. Gravée par Richomme, d'après Raphaël.

60 — **L'Aurore**. Estampe gravée par Volpato, d'après le Guerchin.

61 — **La Nuit**. Gravée par Raphaël Morghen, d'après le Guide.

62 — **Sybilla Delphica**. Gravée par Volpato, d'après Michel-Ange.

63 — **Sybilla Cuméa**. Gravée par Volpato, d'après Michel-Ange.

64 — **Zacharias propheta**. Gravée par Volpato, d'après Michel-Ange.

65 — **Zoel propheta**. Gravée par Volpato, d'après Michel-Ange.

66 — **Le Vendredi-Saint**. Estampe gravée par Ed. Girardet, d'après Paul Delaroche.

67 — **Le Retour du Golgotha**. Estampe gravée par Ed. Girardet, d'après Paul Delaroche.

68 — **L'Enlèvement de Déjanire**. Estampe gravée par Berwick, d'après le Guide.

69 — **Suzanne au bain**. Gravée par Porporati, d'après Santerre. Epreuve avant toute lettre.

70 — **Sainte Amélie, reine de Hongrie**. Gravée par Mercuri, d'après Paul Delaroche. Epreuve sur Chine.

71 — **L'Ensevelissement du Christ**. Gravée par Amster, d'après Raphaël.

72 — **L'Ensevelissement du Christ.** Gravée par Henriquel Dupont, d'après Paul Delaroche.

73 — **La Descente de croix.** Estampe gravée par Claessens, d'après Rubens.

73 — **La Descente de croix.** Gravée par Toschi, d'après Daniel de Volterre.

75 — **Famille Flamande.** Estampe gravée par Corneille Vifscher. Belle épreuve.

76 — **Le Jugement dernier.** Gravée par Léonard Gaultier, d'après Michel-Ange.

77 — **Scène d'intérieur.** Gravée à l'eau-forte par Van Ostade.

78 — **La grande Forêt.** Gravée à l'eau-forte par de Boissieu, épreuve sur Chine.

79 — **Samson massacrant les Philistins.** Lithographie par Pirodon, d'après Decamps.

80 — **Le dernier mot du réalisme.** Lithographie.

81 — **Vingt-deux lithographies**, d'après Decamps.

OBJETS D'ART DIVERS.

82 — **Coupe,** en albâtre gris. Ouvrage florentin fabriqué à Volterra; la vasque à deux anses en forme de serpent; hauteur, 0,44 centimètres.

83 — **Buste d'Homère.** Bronze sur un socle en marbre noir.

84 — **Buste d'Hippocrate.** Bronze sur un socle en marbre noir.

85 — **Buste de Socrate.** Bronze sur un socle en marbre noir.

86 — **Petit bronze** à trois pieds, formés par trois dauphins.

87 — **Deux statuettes** bronze, les deux Brutus, sur socle en marbre noir.

88 — **Bonaparte** consul. Son buste en biscuit de Sèvres.

89 — **Buste d'homme** en terre cuite.

90 — **La Chasteté de Joseph.** Groupe de singe et guenon, en terre cuite.

91 — **Crucifix.** Bronze ciselé et doré, sur une base en cuivre repoussée et argentée, XVIIe siècle.

92 — **Les trois Grâces** de Germain Pilon. Réduction d'après le procédé Colas, de chez Barbedienne. Bronze argenté, socle en marbre onix.

93 — **Danseur napolitain.** Statuette en bronze de Duret; hauteur, 0,45 centimètres.

94 — **Femme frappant le tambourin.** Statuette en bronze de Dantan; hauteur, 0,45 centimètres.

95 — **Voltaire, Montesquieu, Fontenelle.** Trois

petits bustes en bronze sur colonnettes en marbre blanc, avec bases en cuivre doré.

96 — **Médaillon en plâtre.** C'est le portrait de Madame E. H. Sous verre, cadre noir à fleurs d'or.

97—**Deux groupes** en porcelaine peinte, à personnages : Marquis, Bergère et Enfants tenant des guirlandes de fleurs autour d'un vase. Ces pièces portent la marque de Saxe, plus celle de Jacob Petit.

98 — **Les quatre figures** couchées, de Michel-Ange, le Jour, la Nuit, l'Aurore, le Crépuscule, qui décorent le tombeau des Médicis, à Florence. Réduction en plâtre ; longueur, 0,50 centimètres ; hauteur, 0,60 centimètres.

99 — **Buste d'homme**. Tête laurée, en marbre blanc; appliqué sur fond de velours dans un cadre ovale en bois noir à filets dorés.

100 — **Autre buste d'homme** plus jeune, en marbre blanc. La tête est également laurée, l'encadrement est de même forme et de même dimension que le précédent.

Ces deux sculptures, d'un fort beau style et admirablement conservées, sont de rares spécimens de la Renaissance italienne au XVIe siècle.

101 — **Le prophète Elie** et **saint Antoine** dans le désert, partageant un pain que le corbeau leur apporte. Bel émail sur cuivre peint en couleurs et rehaussé d'or. Signé des initiales de Léonard Limousin et daté 1536. (C'est une œuvre de la jeunesse de cet émailleur dont les premiers ouvrages

connus sont datés 1532, et les derniers 1574.) A droite au bas de la plaque, sont les armoiries d'un abbé. Ces armes, d'après une note écrite au dos de l'encadrement, seraient celles de Louis de Langeac, qui fut abbé de Saint-Antoine de l'année 1562 à 1597 ; mais la date que porte l'émail et le style de la couronne qui entoure l'écusson, rappelant l'époque de François Ier ou de Henri II, font croire à une erreur d'attribution. Cette curieuse et rare pièce a subi quelques petites restaurations.

102—**Biscuit de Sèvres.** Vénus jouant avec l'Amour. Sous globe en verre, socle en bois doré ; hauteur, 0,30 centimètres.

103 — **Biscuit de Sèvres.** Melpomène. Pendant du précédent ; même dimension.

104 — **L'Amour rémouleur** aiguisant ses flèches. Biscuit de Sèvres, sous un globe en verre ; hauteur, 0,25 centimètres.

105 — **Christ** en ivoire, de 0,26 centimètres. Sur fond de velours grenat. Cadre ancien en bois sculpté et doré ; hauteur totale, 0,60 centimètres.

106 — **Saint Jean, sainte Madeleine**, au pied de la croix. Deux statuettes d'un calvaire de Nuremberg.

107 — **Socrate.** Buste en bronze, socle en marbre jaune, à base de marbre vert.

108 — **Statuette** en bronze. Socle en marbre vert.

109 — **Tortue**, en cuivre, avec couvercle mobile, pour timbres-poste.

110 — **Boussole en acier.**

111 — **Petite Coupe** en argent repoussé, personnage au fond.

112 — **Petite Coupe.** Pied en marbre vert.

113 — **Porte-Allumettes** en bronze. Travail chinois.

114 — **Coupe** en bronze avec pied en marbre vert, pour la poudre d'or ou la sciure de bois.

115 — **Ecritoire** en marbre noir, avec le buste de Molière en bronze. Socle en bois noir sculpté, mascarons.

116 — **Bustes de Lesdiguières et Bayard.** Tous deux en plâtre passé à l'huile. Ces bustes grandeur nature, n'ont pas été livrés au commerce.

MEUBLES ET OBJETS MOBILIERS.

Porcelaines de Chine et du Japon, Faïences, etc.

117. — **Petite Vitrine** en noyer, à une porte.

118. — **Pot à tabac.** Grès brun avec ornement ; couvercle en étain.

119. — **Assiette** en porcelaine de Saxe.

120. — **Pendule** marbre noir, forme de borne, à secondes, échappement extérieur, cadran émail ;

surmontée d'un bronze, la *Joueuse d'Osselets*. Réduction Colas, de chez Barbedienne.

121 — **Paire de Potiches** en porcelaine de Chine.

122 — **Boîte ronde** avec couvercle, en laque, contenant cinq gobelets de même forme, rentrant les uns dans les autres. Travail japonais.

123 — **Trois Soucoupes** en porcelaine vieux Chine très fin.

124 — **Table** en bois de noyer, à pieds torses.

125 — **Deux petits Flambeaux** en cuivre doré, bobèches en cristal.

126 — **Tapis**, fond rouge.

127 — **Peau de Renard.**

128 — **Cave à Liqueurs.**

129 — **Verre d'eau**, en cristal taillé, vert, composé d'un plateau en tôle vernie vert, une carafe, un sucrier et deux verres.

130 — **Miroir** à biseau, avec riche cadre orné de figures d'enfants issant du cadre, et ornements rocailles, le tout en bois sculpté et doré. Epoque Louis XV.

131 — **Trophées** formés des objets ci-après :

Longues pipes turques à tuyaux de jasmin et de cerisier;

Blague à tabac algérienne, soie et or ;

Petit panier indien ;

Sabre d'uniforme, lame de Klingenthal, poignée dorée ;

Epée à poignée d'acier ;

Chapelet de moine, en ivoire ;

Deux pistolets à deux coups ;

Casse-tête en baleine plombée ;

Revolver à quatre coups ;

Poignard algérien, manche et fourreau argent ;

Poignard acier oxydé, manche en croix ;

Paire de petits pistolets de poche, canon Damas, crosses ébène.

Ces objets pourront se vendre séparément, au gré des acheteurs.

132 — **Fauteuil** à la Voltaire, bois de noyer, couvert d'une tapisserie à la main au petit point, bouquet de fleurs sur fond noir ; clous dorés.

133 — **Chaise** bois noir, pieds et dossiers tournés, couverte d'une tapisserie à l'aiguillé avec dessins sur fond vert.

134 — **Ottomane,** ou divan turc, bois de noyer, sommier recouvert de damas vert à larges raies, quatre coussins foncés en crin, couverture en guipure ; longueur, 2 mètres 30 centimètres ; profondeur, 0,80 centimètres.

135 — **Table à jeu.**

136 — **Coffret** en poirier noirci, orné de sculpture. Médaillon incrusté dans le couvercle.

137 — **Bénitier** en bois sculpté et doré, fixé sur fond de velours grenat.

138 — **Miroir**, dont le cadre est couvert de velours.

139 — **Pendule Louis XVI,** bronze ciselé et doré et marbre blanc. Le cartel est affronté par un satyre tenant une branche de vigne et un petit satyre. Des vases de fleurs et des raisins terminent le tout. Sous globe en verre.

140 — **Paire de Flambeaux Louis XVI,** argentés.

141 — **Paire d'Appliques** à deux branches, en cuivre doré. Époque Louis XV.

142 — **Beau Coffret** en loupe de noyer, avec marqueterie de bois de couleurs diverses. Beau travail du XVIIe siècle ; longueur, 0,40; largeur, 0,35; hauteur, 0,22 cent.

143 — **Commode** à deux tiroirs, en bois de noyer et marqueterie de bois de couleur ; dessus en marbre brèche de Sicile très riche et varié de nuances. Ce meuble, du XVIIIe siècle, est un des ouvrages de Hache fils, de Grenoble.

144 — **Miroir,** glace bizeautée, large cadre en bois sculpté et doré. XVIIe siècle.

145 — **Six chaises** à haut dossier, pieds à balustres; garnies en étoffe de laine. Epoque Louis XIV.

146 — **Quatre Fauteuils** en bois de noyer, cannés. Epoque Louis XV.

147 — **Crédence** en bois de noyer sculpté. Style gothique, à ogives, rinceaux, et deux figures d'animal fantastique. Le corps du bas est à deux vantaux et le dessus à étagères.

148 — **Table** en bois de noyer sculpté. Style Renaissance, avec figures et mascarons. Travail de M. Roybon, sculpteur à Grenoble.

149 — **Coffret** bois de noyer sculpté. XVIIe siècle.

150 — **Table à jeu**, à filets blancs et incrustations.

151 — **Plateau** en argenté arabe (bas titre).

152 — **Deux Pots à crème**, Sèvres.

153 — **Deux Porte-violettes**, porcelaine de Sèvres, les anses sont coupées.

154 — **Belle Chaise** en bois de noyer sculpté, avec figures, rinceaux et mascarons. Travail de M. Roybon, d'après un modèle du XVIe siècle.

155 — **Miroir**, glace à biseaux, cadre noir hollandais. Travail moderne.

156 — **Hanap** en verre de Bohême, avec initiales. A. D.

157 — **Deux Consoles** d'applique en bois sculpté et doré. Époque Louis XIV.

158 — **Paire de grands Vases** à anses, en faïence de Savone, décor bleu. XVIIe siècle ; quelques restaurations.

159 — **Très beau cabinet** en ébène, orné d'incrustations en ivoire ; porte s'abattant sur le devant, et, dans l'intérieur, neuf tiroirs, celui du milieu avec fond mobile garni d'une statuette en ivoire dans une niche ; coins, entrées et poignées en bronze,

ciselés et dorés. Ce meuble, du XVIe siècle, repose sur un support en bois noir à pieds tournés et un tiroir, le tout sculpté. 500 — 250

160 — **Verre de Bohême** craquelé filet doré. 20 — 10

161 — **Meuble** dit **Chiffonnier**, plaqué en bois de rose ; six tiroirs ; entrées de serrures, boutons, chutes d'angles, en bronze ciselé et doré ; dessus en marbre griotte. Commencement du XVIIIe siècle. 150

162 — **Table** en noyer sculpté. Style gothique. 150

163 — **Buffet** en noyer, forme demi-circulaire, avec dressoir en étagère dans la partie supérieure. Ce meuble est divisé en trois compartiments, celui du milieu forme une partie cintrée rentrante ; les deux de chaque côté sont cintrés en saillie. Ils ont une porte chacun et le compartiment du milieu en a deux; le dressoir est soutenu par quatre consoles ou figures sculptées; il est orné au milieu d'un macaron avec ornements.

Ce buffet, d'un fort bel aspect, provient d'une sacristie, et servait à déposer les vases sacrés ; c'est devant ce meuble que le prêtre récitait ses grâces après la messe. Longueur, 2^{m}13 c. ; hauteur totale, 1^{m}70 ; parties latérales; 1^{m}40. Ce meuble est du commencement du XVIIIe siècle. 350 —

164 — **Paire de Potiches** en ancienne porcelaine du Japon. Décor polychrome et or ; sur doubles socles en bois doré et marbre noir. Ces pièces ont été restaurées. 300 — 200

165 — **Paire de cornets** en ~~ancienne~~ porcelaine du Japon. Décor polychrome et or. 40

166 — **Autre paire de Cornets** à peu près semblables aux précédents.

167 — **Deux beaux Plats** en ancienne porcelaine de Chine. Décor de la famille verte.

167 — **Plat** en ancienne porcelaine du Japon. Décor polychrome et or.

169 — **Théière** vieux chêne. Famille verte.

170 — **Théière**, porcelaine à la reine.

171 — **Pendule** de paroi, de Gaudron à Paris ; en marqueterie de cuivre et écaille noire de l'Inde, ornée de bronzes ciselés et dorés, avec son cul-de-lampe de même travail. Le tout est de la fin du XVIIe siècle ; hauteur totale, 1[m]17.

172 — **Grand Fauteuil**. Style Louis XIV, en bois de noyer sculpté, garni en broderie au point ; oiseaux et fleurs.

173 — **Deux corps de Bibliothèque**, en poirier noirci. Style renaissance, avec colonnettes cannelées, chapiteaux, écussons et rosaces sculptés ; trois tiroirs dans chaque base, à surface diamantée ; fronton denticulé ; hauteur, 2[m] ; largeur, 2[m]10 cent. Ces deux meubles ont été exécutés par M. Ledoux, ébéniste, sur les dessins de M. Berruyer, architecte.

174 — **Pendule** de paroi, ou Cartel, en bronze ciselé et doré ; ornée de bustes de femmes et guirlandes. Époque Louis XVI.

175 — **Deux petits Meubles d'entre-deux**, forme bahut, en poirier noirci, à une porte et deux tiroirs; la face et les côtés latéraux à panneaux diamantés; corniche denticulée supportée par deux cariatides; rosace, mascarons et chimères sculptés; serrures Fichet. Ces deux meubles, de style Henri II, ont été exécutés par M. Ledoux, ébéniste, sur les dessins de M. Berruyer, architecte. Hauteur, $1^{m}10$ cent.; largeur, 0,63 cent.; profondeur, 0,43 cent.

176 — **Chevalet de peintre**; en bois de noyer sculpté, fronton doré.

177 — **Deux Fauteuils** en bois de noyer; pieds torses; têtes de lion terminant les bras et fronton sculptés; ils sont couverts en velours rouge.

178 — **Grand Fauteuil Louis XIV**; en noyer sculpté; couvert en velours vert.

179 — **Deux Chaises** en noyer; pieds torses; style Louis XIII; couvertes ainsi que les dossiers en velours cramoisi, avec clous dorés et franges en laine.

180 — **Chaise longue** dite **Marquise**, en bois de noyer sculpté, recouverte en velours grenat intérieurement et extérieurement; clous dorés; coussins en plumes. Epoque Louis XV; longueur, $1^{m}95$ cent.

181 — **Table de milieu**, dite de **Financier**, en bois de poirier noirci; moulure de la tablette en cuivre fondu; entrées, mascarons, poignées, chutes ou cariatides d'angles, pieds de biche, en bronze ciselé et doré. Meuble style Louis XVI; d'un beau

fini et d'une grande richesse d'exécution. Hauteur, 0m80 ; longueur, 1m60 ; profondeur, 0m80.

182 — **Lit à bateau**, en bois de palissandre, avec figures sculptées sur le devant. Sa garniture se compose d'un sommier, deux matelas, l'un en laine, l'autre en crin ; traversin en plumes ; couverture d'apparat en damas laine vert à larges raies; un édredon.

183 — **Baldaquin** en noyer pour supporter les rideaux, et une paire de rideaux damas de laine vert à larges raies.

184 — **Grande et très belle Glace**, avec fronton, cadre à baguettes et ornements en bois sculpté et doré. Epoque Louis XIV ; hauteur, 2 m. ; largeur, 1 m.

185 — **Petite Pendule** ou **Cartel** d'applique, en cuivre ciselé et doré. Epoque Louis XV.

186 — **Lustre Hollandais**, en cuivre poli, à douze branches disposées sur deux rangs.

187 — **Paire de Flambeaux Louis XVI**, argentés.

188 — **Paire de grands Vases**, en porcelaine de Chine, de la Compagnie des Indes ; hauteur, 0,60 cent.

189 — **Paires de bras de cheminée** à deux lumières, en bronze doré. Epoque Louis XV.

190 — **Grande Glace** en deux pièces, cadre Louis XVI ; hauteur, 1m74 ; largeur, 0m71.

191 — **Fauteuil de bureau**, en bois de noyer, couvert en damas rouge à fleurs blanches.

192 — **Grand Fauteuil Louis XIV**, en bois de noyer, richement sculpté, recouvert en velours cramoisi ; clous dorés.

193 — **Tabouret**, en bois de noyer sculpté, recouvert de la même étoffe que le fauteuil précédent.

194 — **Petit Cabinet**, en ébène, à filets d'ivoire ; sept tiroirs ; figures en ivoire incrusté sur l'intérieur de la porte et les tiroirs du milieu. XVIIe siècle.

195 — **Petit coffret**, en bois de noyer sculpté ; style gothique, garni à l'intérieur de maroquin rouge ; bordure dorée.

196 — **Flambeau** en bronze, de Cailleux, forme Renaissance, très ornementé ; reposant sur trois pieds ; médaillons ; la tige supporte une coupe et des crochets pour la montre. Ce flambeau est dit de Bouillote, ou de table de travail.

197 — **Meuble d'entre-deux**, à incrustations cuivre et écaille ; garniture et cariatides en bronze ciselé et doré ; dessus en marbre blanc ; une porte sur la face et trois étagères à l'intérieur. Style Louis XIV ; hauteur, 1^m15 ; largeur, 0,80 ; profondeur, 0,40.

198 — **Paire de chenets** avec garde-cendre, en cuivre doré ; deux amours enroulés dans un feuillage. Style Louis XV.

199 — **Porte-pelle et pincettes.**

200 — **Lustre Louis XV** en cuivre doré à huit branches; il est garni de pendeloques, étoiles, boule et pièces d'enfilage en cristal taillé.

201 — **Trois Suspensions**, deux en cristal taillé et une en terre de Prusse, pouvant servir de lampes ou de vases de fleurs.

202 — **Paire d'Appliques**, ou bras de cheminée, à deux lumières, en bronze doré. Epoque Louis XV.

203 — **Table de nuit**, plaquée en loupe de noyer; dessus en marbre blanc encadré dans le bois, pieds tournés; forme de chiffonnier à tiroirs.

204 — **Glace à bizeau**, cadre en bois sculpté et doré. Epoque Louis XIV; hauteur, 0,48; largeur, 0,38; le cadre a 16 cent. de largeur.

205 — **Deux Fauteuils** forme gondole, couverts en damas vert; foncés en crin.

206 — **Chaise** à dossier élevé, pieds tournés; mascarons, fleurs et fruits sculptés; garnie en cuir. Style Renaissance.

207 — **Chaise**, en noyer sculpté, de forme basse, garnie en tapisserie à la main, au petit point.

208 — **Chiffonnier**, en bois de rose, dessus en marbre, galerie en cuivre. Epoque Louis XV.

209 — **Glace à bizeau**, cadre et fronton en bois sculpté et doré; sur le fronton deux personnages, la Prudence et la Puissance. Epoque Louis XIV; hauteur, 1m02; largeur, 0,82; hauteur du fronton, 0,60; le cadre a 16 cent. de largeur.

210 — **Cartel de paroi**, en cuivre ciselé ; époque Louis XV.

On vendra, à la suite, les objets mobiliers non catalogués, tels que : Rideaux de lit et de fenêtre, quelques meubles, lits, litterie, linge de table, draps, etc. Batterie et ustensiles de cuisine et de table, vaisselle, porcelaines, verres, couteaux, fourchettes, cuillers, etc.

En préparation :

Le Catalogue des livres composant la bibliothèque de feu M. Adolphe Ducoin, et dont la vente aux enchères aura lieu quelques jours après celle-ci.

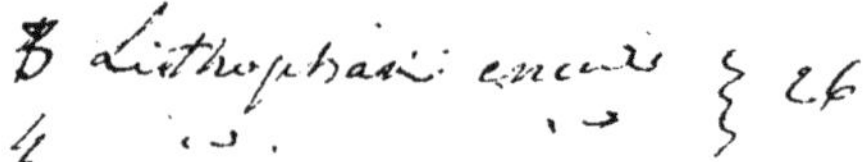

Grenoble, imp. E. Vallier et Chabert, pl. Saint-Louis, 9.

www.ingramcontent.com/pod-product-compliance
Ingram Content Group UK Ltd.
Pitfield, Milton Keynes, MK11 3LW, UK
UKHW020215180726
13838UKWH00005B/2011